PAUSA, PERDA, DESENCONTRO —PRÓLOGOS DO FIM

[organizadora]
Lella Malta

[primeira edição]
URUTAU
agosto de 2024

O —

editora Urutau

rua do cajú, 478,
jardim das cerejeiras
06724-015
cotia-sp (brasil)

rua manuel pacheco nobre, 128 - 5º esquerdo
2830-080
barreiro (setúbal)
portugal

[+351] 928053619 [portugal]
[+55] 11 95608 8983 [brasil]

www.editoraurutau.com.br
contato@editoraurutau.com.br

[EDITORES]
tiago fabris rendelli & wladimir vaz
[COORDENAÇÃO DE REVISÃO]
debora ribeiro rendelli
[REVISÃO]
juliana palermo
[DIAGRAMAÇÃO]
victor h. azevedo
[CAPA]
fotografia de anastasia nagibina

dados internacionais de catalogação na publicação (CIP) de acordo com ISBD

P334 Pausa, perda, desencontro - prólogos do fim / organizado por Lella Malta. – Cotia : Urutau, 2024. 84 p. ; 13cm x 19cm.

ISBN: 978-65-5900-771-4

1. Literatura brasileira. 2. Prosa. 3. Conto. I. Malta, Lella. II. Título.

2024-2300 CDD 869.8992
CDU 821.134.3(81)

Elaborado por Vagner Rodolfo da Silva - CRB-8/9410

sumário

OS OLHOS DE MARIA

por Carola Ponto

Hoje Maria me disse que sofria por ouvir as palavras de seu pai, que acordou depois de 28 anos e enxergou que estava na frente de alguém que viu crescer, mas não conhecia. Maria tem os cabelos do pai, a bunda do pai, os problemas de coluna do pai, o mal-estar civilizatório do pai, a empatia exagerada, a caridade quase extrema, a necessidade de viver a espiritualidade, a urgência das injustiças, a carência e a neurose em relação aos pais, a turbulência de sentimentos, a ansiedade, a infinita criatividade, a testa grande, a teimosia e o movimento tenso dos pés.

Maria tem os pés do pai. É impossível não se lembrar dele quando vejo seus dedos gordos encurvados a 45 graus, exibindo as veias que saltam entre os ossos do calcanhar. A pele um pouco mais escura que a minha e mais grossa também. As visíveis dobras que parecem servir como raízes, fixando o dedão do pé a seu peito, e mais que tudo a tensão. Maria tem os pés tensos do pai. Mas, quando ele olha pra ela, é seus olhos que ele vê. E Maria tem meus olhos.

Ele sempre me disse isso, ela tem seus olhos, Carolina, olhos de China Girl. Olhos de dúvida, olhos de mistérios, olhos de medo, olhos de insegurança, olhos com déficit de atenção, lotados de água salgada e água doce ao mesmo tempo, olhos que choram por dentro e trancam a garganta, que arde sem queimar. Para ele eu era a China Girl de David Bowie, por isso o branco de seus olhos me presenteou com eyes of blue. Olhos que revelam e escondem a tristeza em língua estrangeira. Por isso, me ouvia dizer para calar a boca em momentos de grande excitação, quando na verdade era seu olhar que me cortava por dentro quando sentia vergonha de meu comportamento ou de algo que estava dizendo. Talvez ele visse em nossa filha, Maria Malkovich, a filha de John Malkovich que eu visitava por dentro. Talvez o que eu desejo é ser Carola Malkovich e que ele me visite por dentro.

Quando Maria era pequena e eu recebia a visita de minha irmã, Maria Fernanda, e das amigas mais próximas, participava das conversas enquanto a olhava engatinhar pela casa. Se ela estava dormindo ou no colo, eu ouvia toda aquela história que alguém contava tentando organizar minha cabeça. Pensava quando tinha trocado a fralda dela, que horas tinha dado comida e quanto ela tinha comido, se a roupa que ela iria vestir no dia seguinte estava limpa, se tinha fruta suficiente na casa para o lanche dela, quando eu faria a sopa, que horas eu tinha que dar aula na escola X ou Y, se deveria aproveitar que minha irmã estava comigo e tomar um banho, ou se deveria dar banho em Maria, se eu saberia se a água estava na temperatura certa para não queimar a pele da bebê ou deixá-la sentir frio, se eu daria o remédio na hora certa, se eu acordaria se ela chorasse muito, e que horas seu pai chegaria. Mas eu nunca falava nada sobre o que estava pensando, não sobre esse tema que ocupava minha cabeça quase que integralmente.

Várias vezes ouvia uma delas me chamando atenção. Carolina, olha pra mim enquanto estou falando. Carolina, você está escutando o que eu estou contando? O que eu deveria responder? Cala a boca que eu não aguento mais informação na minha cabeça. Não cabe mais nada na minha cabeça agora!

Um dia, mais de 25 anos depois, David, um amigo colombiano, que estava morando um tempo comigo, me perguntou por que eu estava tão grosseira com ele naquela noite, e eu finalmente falei: Minha cabeça está explodindo, eu não aguento mais escutar uma palavra que sai da sua boca, estou exausta de você. Entendo, Chimbita (era assim que ele me chamava), por que não falou antes? Não precisamos conversar agora, vou para meu quarto, boa noite. Naquela noite dormi com a cabeça limpa, sem precisar passar nada a limpo. David me ensinou a falar o que eu sentia. Eu tinha 47 anos.

Thaísa foi a primeira a me confessar o muito que se lembrava de mim quando iniciou sua experiência de maternidade. Seu filho, também colombiano, (por uma coincidência inexplicável, já que isso aconteceu uns 20 anos antes de eu conhecer David), tinha cinco anos quando ela me perguntou por que eu nunca havia falado nada sobre minha vida com Maria. Você nunca falou nada mesmo ou eu que não me lembro de você falando? Você viveu tudo isso sozinha? Mas eu sempre estava lá na sua casa, e você sempre me escutando! Não quero ser injusta com minhas amigas, mas talvez Thaísa tenha sido a única a ter deixado claro que se lembrava de nossa história enquanto eu carregava Maria pra lá e pra cá, mas não falava nada. Eu não tinha amigas com filhos, minhas amigas tinham namorados, relações, peguetes, rolos, histórias de viagens e universidade, e eu tinha uma filha.

Soube que estava grávida no instante em que fiquei grávida. Senti a corrida dos espermatozoides acontecer dentro de mim da mesma forma que meu pai tinha me explicado, com desenhos, quando tinha recém-completado sete anos de idade. Senti os espermatozoides me fazendo cócegas de tanto que nadavam, tinha certeza de que eles eram muito rápidos, que eram campeões e que encontrariam meu óvulo fértil. Uma semana depois fiz exame de sangue. Adriana me levou, foi a única que chamei para cúmplice naquele momento, não sei bem por qual motivo. Na volta do exame, ela me disse que existiam opções se eu não quisesse a criança. Eu já sabia que estava grávida de uma menina e já sabia que teria a bebê mesmo se tivesse que fugir daquela ilha. O exame, depois de pronto, não deu a resposta. Uma semana depois o repeti, eu tinha certeza. Dessa vez veio o positivo esperado, e eu me lancei em um vazio que já estava cheio e fiquei tonta.

Naquele dia eu já tinha começado a escrever este conto, sentada no banheiro, escutando meus irmãos que brigavam por uma barra de chocolate ou uma lata de leite condensado, eu escrevia, e, quando a gente escreve, ou pensa em escrever, é como se falar não fosse necessário ou até mesmo não fosse permitido. Às vezes pensar em escrever é não falar, e essa sensação estava comigo desde sempre, desde o berço vermelho-sangue em Curitiba. Eu não queria e não sentia necessidade de lutar contra aquilo.

Maria Cecília entrou na loja da minha mãe, em que eu trabalhava, olhou pra mim com cara de inconformada e lançou uma flecha que nunca saiu do meu peito. Já vejo a Carolina daqui a cinco anos com quatro filhos remelentos grudados na barra da saia dela. Quem pensa em escrever não fala, mas escuta e grava palavra por palavra. Eu não lembro se sorri ou só dei uma risadinha de canto de boca, mas tenho certeza de que não emiti nenhum som. Cida, Maria Aparecida, a sócia da minha mãe, que estava ao meu lado, me defendeu, disse qualquer coisa que ainda assim não calou a boca de Maria Cecília, que continuou com sua ficção sobre minha vida futura.

Quem pensa em escrever pode não falar, mas escuta e escuta bem. No entanto, coincidência ou não, só depois das palavras de David, lancei meu primeiro livro. Para quem pensa em escrever, aprender a falar é aprender a publicar?

Thaísa também foi a amiga que batizou Maria com seu apelido mais duradouro, Madu, o apelido que ela escolheu para seu nome artístico. Thaísa sempre soube que eu penso em escrever, foi a que me presenteou com o primeiro livro de Fernanda Young quando recém-lançado em 2001, *As pessoas dos livros*. Ela sabe que eu escrevo, mas não sei se sabe que eu publico. Fernanda Young morreu sem saber que eu escrevo, ou existo. Sinto falta de Fernanda Young olhando nos meus olhos e me dando a mão para escrever. Sinto falta de Thaísa me emprestando sua jaqueta de couro macio e me levando para dançar no John Bull. Sinto falta de nossas primeiras caipirinhas de maracujá, que eu pagava com cheques assinados em branco por minha avó. Sinto falta do meu quarto na casa da minha avó me esperando voltar. Sinto falta de sentir as dúvidas de quando tinha Maria colocando as mãos dentro de minha blusa em busca de meu leite. Sinto falta de produzir leite para ela e saber que aquilo é tudo de que ela precisa naquele momento. Sinto falta de acreditar que Maria não escutará as palavras de seu pai doente. Sinto falta de ter certeza de que ele olha nos olhos dela e não nos meus.

Carola Malkovich fecha os olhos e tranca a porta do 7 e meio andar, mas antes liberta Maria Malkovich de sua função ventríloqua, pinta seus olhos de lilás, e, como mágica, Carola abraça Maria forte, longe dos olhos do pai.

O RELOJEIRO

por Aelita Lear

Nem sempre tem como dormir feliz ao seu lado.

Olho para seu sono tranquilo, e meu coração aperta. Não imaginava que seria tão difícil a busca por algo que deveria ser normal em todos os casais. Suspiro profundamente e me levanto da cama na primeira hora do Dia Solar.

Gostaria de encontrar uma solução para a premissa "dois iguais não fazem um diferente", mas só consigo encontrar dúvidas se devemos continuar nessa busca incessante pela inseminação. Todas as vezes que vejo seus olhos cheios de lágrimas, como ontem à noite, me pergunto se esse é o caminho certo.

Ouço o tic-tac do Relojoeiro, e meu coração se aquieta para saber as novidades do dia. O céu muda de cor por um breve instante para anunciar entre sombras escuras a previsão do dia: hoje vai chover nas plantações de milho, ervilha e soja.

Por um breve instante, fico contente ao perceber que nem eu, nem ela, vamos precisar trabalhar. Ela está em busca de Gestar, então já imaginava que não precisaria trabalhar em razão disso, mas eu provavelmente teria.

Entro e a encontro sonolenta, com os olhos marejados. Rapidamente me encaixo perto dela e a abraço. Espero seus ombros sacudirem do choro que deve estar guardando, mas encontro a paz. Afasto-a de mim e olho nos seus olhos, que parecem diferentes, opacos.

— Eu... — antes que ela comece a falar, eu já imagino o que irá dizer. — Não quero mais... Gestar. Pelo menos... por enquanto.

Acaricio suas bochechas dizendo que está tudo bem com meus gestos. O preço de a ver tranquila com essa decisão pode ser alto demais, mas prometi estar ao seu lado desde quando nos inscrevemos para essa missão suicida, não é agora que vou mudar.

Só não sei como nós duas...

Faço um barulho de silêncio e a beijo para silenciar todos os seus pensamentos conflituosos. Eu também não sei como será. Ela deixou suas funções na nave para poder Gestar, e agora, sem isso, com certeza iremos passar por muitas dificuldades financeiras, mas vai ficar tudo bem.

Podemos dar uma pausa nisso... O que acha?

Tento sugerir uma solução temporária, mas sei que o que precisamos mesmo é de um desfecho. Não há mais como aguentar ver seu coração se despedaçar a cada tentativa de implantar um novo óvulo em seu útero. Isso poderia ocorrer, sempre soubemos que a Gestação não era para todas. A radiação cósmica não é a mesma de nossa Terra moribunda, e lá já estava sendo muito difícil conseguir que algo vivo vingasse.

Receio que as tentativas da humanidade de prosperar possam não acontecer.

* * *

— Isso é *um absurdo! — ouço todos aqueles fanáticos gritando enquanto embarcamos.*

Os protestos começaram muito mais cedo do que isso, quando tiveram a ideia de criar uma nave para tentar salvar a humanidade longe da Terra. Todas que vão deixar esse planeta cheio de preconceitos e ódio sabiam que seria muito mais difícil do que o previsto.

Leis foram criadas para tentar nos impedir. O escapismo foi criminalizado, mas não da forma correta. Sabíamos que jamais poderíamos voltar para esse planeta sem uma retaliação, mas ninguém poderia nos impedir. Não foram espertos o suficiente para prever que só seria um crime quando estivéssemos bem longe.

* * *

Encontro-a deprimida mais um dia. Achei que nossa decisão poderia ajudá-la a encarar de uma maneira diferente o que ocorreu em nossas vidas e fico temerosa, preocupada, com medo das nossas escolhas. Quando nos foi dada a oportunidade de conquistar as estrelas e deixar tudo para trás, pensei que seria um pouco mais fácil.

— Meu amor... — chamo quando me aproximo da nossa cama, onde ela se deita de costas para mim. — Como você est...

Quando a toco e sinto sua pele gelada, sei que minha pergunta não precisava ter sido feita. Um fio de saliva e uma cama suja demonstram que, seja lá o que ela tenha ingerido, ela vomitou, ao menos parte daquilo. Mil emoções passam pela minha mente, mas a que exige que eu tenha calma e pense é a que reina. Posso ouvir sua respiração fraca, então preciso correr.

A adrenalina faz com que eu consiga segurá-la em meus braços e correr em busca de uma cura. Eu deveria ter imaginado que sua tristeza estava além do normal. Mas mal temos remédios para dores, quanto menos para problemas psiquiátricos.

Não posso perdê-la.

O Relojoeiro prevê a falta de recursos disponíveis para termos chuva hoje. Eu tremo mais ainda, pois sei o que significa: todas as mulheres precisam estar a postos para cuidar de nossos alimentos. Eu não estarei. Mesmo que isso... seja o nosso fim.

Adentro a sala medicinal e encontro pessoas atribuladas, mas acostumadas a ver o que veem nos meus braços. Um olhar complacente e focado surge no rosto de uma mulher de meia-idade, e ela me indica que devo depositar minha mulher em uma maca.

Não preciso dizer o que houve, ela rapidamente a coloca dentro de um Suporte de vida.

— Receio que você precise deixá-la aqui por um tempo muito longo. Sua vida estava por um fio.

Não sei se respiro aliviada ou choro de tristeza por saber que quase a perdi. A médica me olha com tristeza.

Não está sendo fácil.

Sei do que ela está falando, e é bem maior do que apenas uma paciente que tentou suicídio. Quando não é isso que ocorre, há intenso risco de vida para a mãe. Parece que quando o feto consegue vingar... há um preço maior a carregar.

* * *

Seus olhos estavam animados. Nós duas sempre sonhamos com algo assim, até brincávamos que, se um dia ocorresse, aceitaríamos embarcar em uma nova vida, sem pestanejar.

O ambiente fechado da nave não nos causava uma sensação de claustrofobia porque tudo foi planejado para parecer mais real do que até a própria Terra. Hologramas no teto faziam parecer que havia um céu azul que há tempos não víamos no nosso planeta. Cultivo de diversos alimentos e poucos animais para nos fornecer a proteína necessária pareciam nos convidar à nossa jornada.

Nossa casa, tão pequena, mas tão suficiente e aconchegante, era tudo o que precisávamos para construir um lar feliz.

* * *

A tentativa dela me dói profundamente. Não a culpo, mas a mim mesma. O que eu poderia ter feito para ajudá-la? Essa dúvida passa por minha mente todos os dias em que o Relojeiro prevê épocas difíceis. Não é apenas o sistema de água que está falho. Passamos por diversas turbulências. Sinto que a nave sincroniza com meu coração.

Fico sem saber o que fazer. Frequentemente a visito no seu Suporte de vida e não vejo melhoras. Tento conversar com a máquina, esperando que, onde for que minha esposa esteja, possa me ouvir sussurrando e implorando por seu retorno. E temo que isso não ocorra.

Preciso de respostas para suprir esse nosso desencontro, e só tem um lugar em que eu possa achá-las.

* * *

— Você não acha uma ironia ter apenas um robô que se parece com um grande relógio como uma figura masculina? — ela me pergunta e completa, rindo: — Realmente não precisamos de homens para nada nessa vida...

Eu olho para aquela grande estrutura nuclear da nossa nave. Não sei se podemos chamar aquele Relojoeiro de uma figura masculina, mas sim, como algo transcendental. A falta de uma linguagem não binária é *o que determina o que aquele amontoado de fios* é.

— Bom... Por um lado nossa Criadora foi inteligente em fazer um suposto sabe-tudo ser um robô como esse — brinco,

me lembrando das centenas de vezes em que algum homem fez questão de tentar provar seu ponto de vista ou falar de um assunto que eu dominava, apenas para não permitir que uma mulher pudesse fazê-lo.

Pelo menos desse problema não mais sofreremos.

* * *

O Relojeiro não se tornou menos assustador desde a última vez que o vi.

Sua função de Oráculo é a mais requisitada em toda a nave, não há um dia em que todas não esperem as previsões do dia. Todos os cálculos que essa máquina deve fazer para apresentar possibilidades e probabilidades me causam espanto, mas não tanto como suas Previsões Vazias.

Uma alavanca característica de jogos de fliperama dos anos 80 me convida a puxá- la, mas apenas uma vez. Seja lá o que cair dela, será a resposta que eu busco para minha vida. Cruzo meus dedos e a aciono.

De dentro dela cai uma carta de Tarot meio amarela. O desenho até se assemelha ao próprio Relojeiro, e me pego pensando se quem o criou teve essa mesma intenção. Uma roda que parece girar o tempo inteiro me traz mais dúvidas do que respostas.

O que a roda da fortuna quer me dizer?

* * *

— Você tem noção de que eu faria TUDO por você? — rio quando ela me beija feliz ao receber um simples buquê de flores.

Tudo é *pouco.*

— Tudo, tudo, tudo? — ela brinca.

— Tudo mesmo!

— Até ir até os confins do universo?

— Até mais longe do que isso.

A roda da fortuna* * * só pode querer dizer que preciso me dedicar mais ao trabalho. Não é comum isso acontecer, mas peço para dobrar minhas horas. Sabia que isso poderia ocorrer quando ela deixasse de Gestar, pois diversos privilégios de uma gravidez seriam cortados. Por que não me dedicar mais enquanto ela se recupera?

Se essa mesma carta saísse na Terra, eu tentaria jogar na loteria. Mas, num mundo com escassos recursos, o máximo que posso fazer para tentar enriquecer é trabalhar mais e mais.

É o que faço.

Minha vida só tem sentido com ela ao lado. Mesmo que me canse muito trabalhar com duas plantações diferentes, uma bem longe da minha casa, é preciso. Quando ela acordar, vai ter orgulho de mim.

* * *

Quando.

Queria tanto que o Relojeiro pudesse prever isso também… Os sinais vitais da minha esposa anunciam que isso vai demorar. Meu lado mais negativo me avisa que isso pode não ocorrer, mas a esperança quando ouço seu coração amplificado pelos sinais cardíacos diz que sim, que vai.

— Você não vem mais com tanta frequência — a mesma médica que me ajudou no começo me questiona implicitamente do porquê.

Dou de ombros.

Ando ocupada, dobrando horários…

Ela olha sobre mim, e eu olho na mesma direção. A médica rapidamente se levanta e corre ao encontro de uma mulher entrando em trabalho de parto, que se apoia e se treme inteira. Fico olhando assustada quando ela desfalece nos braços da médica, que a acolhe e a leva para a emergência.

Olho para o Suporte de vida da minha esposa e fico temerosa. Se eu soubesse que tudo isso aconteceria, jamais permitiria essa missão suicida de colonizar outro planeta. Meu amor é mais valioso do que a humanidade, nunca duvidei disso.

Ouço o som de passos cansados, e a mesma médica que conversava comigo volta. Seus olhos abatidos e seu semblante cabisbaixo indicam que algo muito ruim ocorreu. Ela suspira.

Nós… perdemos a mãe.

Meu coração acelera, com tristeza, com pensamentos de que o mesmo poderia ter ocorrido com minha esposa. Ao mesmo tempo, uma ideia se apodera do meu ser e me deixa ansiosa.

A criança… Ela…

A médica parece me olhar com outros olhos assim que falo isso. Eu não consigo verbalizar a miríade de sentimentos que passam pela minha cabeça, mas ela sim. Lembro-me da roda da fortuna e da promessa implícita de uma mudança.

Você cuidaria dela?

O batimento mais forte do Suporte de vida da minha esposa indica que sim. Que eu adotaria essa criança e cuidaria dela até o fim.

O MUNDO EM MINHAS MÃOS

por Bruna Presmic

Eu morri mais velho do que gostaria de ter morrido. Levei comigo o peso de ter mudado o mundo. Ou "remudado", alguns diriam. Tinha menos de 15 anos quando tudo aconteceu e fomos divididos em dois grupos que se revezavam dormindo. Todas as almas vivas na Terra ficaram condicionadas a este destino. Penso que, se tivesse morrido naquele dia, maldito e inesquecível dia, quando o caos tomou conta e os corpos caíram em sono denso, pesado, teria sido mais fácil, pelo menos para mim. Muita gente morreu ali, acidentes de proporções catastróficas aconteceram. Ana Catarina morreu naquele dia, minha mãe nunca superou. E por que eu não morri? Só morri longos setenta e um anos depois. E, sim, a maneira como você vive hoje é culpa de uma decisão minha.

Talvez você já saiba disso, mas a década seguinte ao acontecimento foi praticamente para reaprendermos um jeito novo de viver. Lembro-me do desespero dos meus pais: enquanto um dormia, o outro ficava acordado, e eles nunca mais se viram. Eu ficava acordado junto com meu pai e nunca mais olhei nos olhos de minha mãe. Mesmo ela estando sempre ali, sentia saudades. Para você, que já nasceu com o mundo assim, pode não parecer grande coisa, mas houve um tempo em que todos podiam escolher a hora em que iriam dormir, e até não dormir, e conviviam com as pessoas que amavam.

Os governos, agora mundiais, conseguiram reorganizar tudo dentro de um prazo surpreendentemente rápido. Hoje sei o porquê, como fui ingênuo na época, eu e um mundo inteiro de crentes cristãos. Quando se fala em nome de Deus, e ainda se fala, tudo é aceito. Aqui neste limbo, agora, dou muita risada de vocês e de tudo que vivi e das escolhas que fiz.

Até meus 35 anos era apenas um jovem jornalista inconformado. Não pensava em mudar o mundo, apesar da voz que gritava na minha cabeça dizendo que aquele castigo não era coisa do bem, muito menos divina. "Quem mais teria interesse em colocar a população mundial pra ter um sono obrigatório e em turnos?" Parava por aí meu questionamento. Foi somente quando eu conheci Beatriz que tudo mudou. Antes eu não tivesse me encantado com aqueles cabelos cor de fogo. Se não tivesse me envolvido, não teria esse peso nas costas agora, mesmo depois de morto.

Apesar de estarmos em turnos diferentes, nos conhecemos de uma maneira muito peculiar, eu acordando em um dos centros de repouso feitos para os atrasados e perdidos não dormirem ao relento, e ela dormindo, segurando um papel amassado. Peguei o papel da mão dela e deixei outro no lugar, com meu telefone e e-mail. Ela não teria opção: se quisesse reaver o papel, precisaria entrar em contato. E foi aí que a maior aventura da minha vida começou. A princípio estávamos apenas procurando o irmão dela, Caio Túlio, que tinha fugido de casa. Caio nasceu depois do acontecido, e em um turno diferente da mãe deles. Ou seja, quando Caio nasceu, sua mãe estava dormindo, e ele nunca a viu acordada. Beatriz, apesar de muito nova, tomou conta de Caio. O menino nunca aceitou aquela situação e, assim que fez 16 anos, saiu em busca de respostas. Ele não chegou a achar essas respostas, morreu em uma emboscada dos castigados, grupo de resistência que estava contra o governo e a igreja, na época, nem sei se ainda estão ativos por aí. Mas eu e Beatriz conseguimos, sim, achar todas as respostas e ainda desmascarar essa trama suja de controle populacional que poderosos realizaram como se brincassem de Deus. E foi nesse momento que tive que tomar a decisão de desmascarar toda a mentira que nos contaram durante anos e anos ou deixar as pessoas seguirem suas vidas conformadas com mudanças impostas sem titubeação.

Uma pessoa só ser responsável pelo destino de mais de 6 bilhões, duvido que alguém queira essa responsabilidade. Até mesmo depois de tanto tempo morto, não sei se tomei a decisão correta. Ninguém me disse nada. O mundo seguiu, mas seguiria de qualquer maneira, fosse qual fosse a opção que eu tomasse. Mas será que iria ser melhor se tivesse optado por mudar tudo outra vez? Nunca vou saber a resposta.

O que posso garantir é que a frustração de ser enganado foi o pior sentimento que tive na vida. Pior até do que ter que abrir mão de viver um grande amor, de poder juntar meus pais novamente e de não ter ido para o céu, se é que ele existe.

Não me casei, não tive filhos, não plantei nem uma mudinha de feijão no algodão e não escrevi nada além de matérias sensacionalistas em busca de audiência vazia. Eu apenas sentenciei vocês a viverem com 12 horas a menos todos os dias, a terem uma data para a morte certa, a viverem com saúde sim, mas com limitações intelectuais e criativas severas. Recapitulando tudo, será que eu tomei a decisão correta? Uma vida de caos não seria o mais adequado? Incertezas, paixões fulminantes, vícios devastadores, vazio existencial... Talvez tudo isso desse a real graça à vida. A monótona vida calma e cheia de certezas que todos têm agora pode ser muito apática e pode até ter aproximado mais o ser humano do animal irracional.

Essa dúvida me corrói por dentro. Será também que, quando vocês morrerem e vierem para cá, poderão saber que fui eu que decidi por vocês? Será que poderão vislumbrar a vida que teriam tido se minha escolha fosse a outra? Se tivesse retomado o curso natural de incertezas e livre-arbítrio. Como me soa injusto eu, com apenas com 35 anos, decidir algo tão fundamental para a história de todos que viviam e que viveriam até hoje. Não houve um dia sequer em que não tenha questionado minha decisão.

Morri mais velho do que gostaria de ter morrido, aos 86 anos, mais uma consequência da minha decisão: data certa para morrer, para todos. Foi assim comigo, também vai ser com você, dormir com 86 anos e não acordar mais para fazer 87. Vi meus pais indo embora, sem nunca mais terem se amado. E Beatriz me viu indo embora. Sem nunca ter me beijado.

VENTRE LIVRE

por Mila Bedin

Era uma vez o começo do fim de uma história que não teve sentido completo, pois perdeu seu complemento antes mesmo de ser intransitiva.

Ela sempre foi uma garota forte e decidida. Cresceu com a certeza de que teria sucesso na vida profissional e seria uma mãe foda. Ela nunca deu bola aos padrões sociais: sempre foi autêntica em suas opiniões e seus desejos.

Pilar é assim: transborda de todas as maneiras. Senta-se, chora, logo sorri, brilha e segue adiante, iluminando sua própria caminhada. Nunca teve muitos namorados, mas sempre foi intensa e inteira em suas relações amorosas. Talvez ela deveria ter sonhado menos e projetado mais. Sonhos ficam só no plano do inatingível, projetos a gente põe em prática, pois requerem ação, movimento.

Ela ainda era uma estudante universitária quando pensava em como seria sua vida depois de formada. Pra Pilar era bem claro que engataria no mestrado e, depois, no doutorado. E deu tudo certo nessa ala. Foi pra frente. Tá vendo só? No fundo, isso era projeto e não sonho.

Ser mãe era sua grande tacada. Ela sempre foi maternal. Até hoje ela é, mas agora isso está reprimido e quase escondido dentro dela (ela é doida pra achar). No fundo ela não quer mexer porque ainda dói... E dói tanto que lhe arranca lágrimas sempre que se lembra daquele dia fatídico em sua vida: o dia em que sentiu seu filho ir embora, num fio espesso de sangue que lhe escorreu por entre as pernas.

Em outubro de um ano não tão distante deste, ela engravidou (mas ainda não sabia). Rui, seu noivo, que carregava uma fragilidade quase imperceptível, era seu amor dos tempos de escola. Eles se reencontraram depois de pouco mais de 25 anos, numa feijoada na casa de uns amigos daqueles tempos. E, entre uma garfada e outra, um toucinho e um punhado de feijão preto, seus olhares grudaram como se não houvesse mais ninguém ao redor. Tudo (re)começou ali, num balcão, na área gourmet da casa do Caco.

Não demorou muito, e logo Rui foi se instalando — aos poucos (sabe aquilo de deixar um pijama, umas cuecas e uma escova de dentes... E já tinha uma gaveta da cômoda só pra ele) — no apê da Pilar. Ela morava sozinha e estava divorciada há um tempo. Ele também. Ela não tinha filhos, ele sim; uma menina pequena e disponível para receber amor e atenção.

Ficaram nesse espaço por dois anos, quando se mudaram para o apartamento dele, que ficava em outra cidade. E, nessa toada, tocaram a vida, sempre sorrindo e transbordando aquele amor ao mundo.

Um dia à tarde, ela estava na casa de sua mãe e se lembrou de olhar o calendário que tinha no celular para marcar seus períodos menstruais. Naquele mês, estava cinco dias atrasada. Vibrou. Correu fazer um teste de gravidez. Estava ansiosa como nunca. O resultado saiu no dia seguinte. Positivo! Ela estava esperando um bebê.

Quem leu o resultado no computador e deu a notícia foi o Rui, que estava feliz, mas talvez um pouco assustado. Eram umas quatro da tarde, e ela saiu correndo feliz da vida para contar a novidade para sua mãe — que estava no quarto ao lado —, ela ia ser vovó. Depois ligou para o pai, para os sogros, para as tias, para as cunhadas e para a parentada toda. Seu coração explodia de tanta alegria acumulada por anos. Pilar sempre quis viver aquilo. Não era sonho, era projeto mesmo, que tomava corpo e alma naquele momento. É no positivo que o futuro dá o start, pula, grita, vira cambalhota e cai de pé em sua melhor pose.

Pilar viveu o capítulo mais incrível de sua vida. Mal ela sabia que — muito em breve — ele se tornaria sua maior tristeza.

Fez seu primeiro ultrassom numa ensolarada quinta-feira de novembro, à tarde. Fazia calor. Rui, claro, estava com ela. Durante a sessão ouviram o coração do bebê. O médico falou que tinha uma pequena mancha do lado externo do saco gestacional. Pilar se preocupou, mas Rui logo tratou de acalmá-la e afirmou que não era nada de mais (como ele sempre faz até hoje), porque sempre vê o lado cheio do copo. Tá certo. É melhor assim, porque nos blinda de sofrermos por antecedência.

Pilar passou o Natal de barriga, como sempre tinha imaginado. Usou uma roupa bem colada porque queria exibir sua silhueta gravidíssima para todos. Ela estava de três meses (odeio quando o povo fala em semanas... Me perco nas contas). Ganhou muitos presentes para o bebê (mal sabia que ele nunca iria usá-los...), os quais — até hoje — continuam guardados (ela não conseguiu se desfazer deles... Mas acho que — no fundo — ela também não quer...).

Era quase Ano Novo quando foi ao banheiro, olhou-se no espelho e sentiu um vazio estranho (ela tem essas coisas de intuição mesmo). Naquela noite, começou a sentir leves cólicas, as quais — no decorrer da madrugada — foram aumentando de intensidade e frequência. Às seis da manhã, quando se levantou para fazer xixi, já sabia que estava perdendo sua (talvez) única oportunidade de gerar uma vida dentro dela.

Rui apareceu na porta do banheiro correndo; parou, olhou para ela com amor; ele estava assustado e tentou acalmá-la mais uma vez (ele achava que poderia ser algo corriqueiro nessa fase da gestação).

Foram para o hospital, e, chegando lá, conduziram os dois para a ala da maternidade. E aí começam os contrassensos: num espaço misto de nascimento e morte, de alegria e tristeza, de amor e dor. Rui teve que sair e esperar na recepção. Outro absurdo. Imagine só a cabeça dele como não ferveu lá fora, longe da Pilar, sem notícias? (ele ficou umas três horas no gelado daquela sala de espera).

Levaram-na a uma sala pequena na qual já tinha uma médica a postos para examiná-la. Ela era fria, a médica, não a sala. Olhou para Pilar, que, com os olhos mareados, nem teve reação, e lhe falou — friamente — que ela estava abortando, ao mesmo tempo em que lhe mostrava o plasma que tinha tirado de dentro dela. Ela murchou ali mesmo. Sua alma se esvaiu junto com o sangue, e seu coração ficou manchado de tinta. Tinham-lhe enfiado um punhal.

Saiu daquela sala e a levaram para a recuperação, onde tinha apenas uma enfermeira, que preparava uma medicação enquanto dizia a ela que sentia muito pela sua perda. Pilar chorava compulsivamente (nunca chorou tanto) e, entre um soluço e outro, pediu para chamarem seu noivo na recepção (ele ainda não sabia que seu filho tinha ido embora). A enfermeira disse que ela não podia chamá-lo. Pilar ficou tão puta que logo foi dizendo: "Quer dizer que quando uma mãe perde um filho ela tem que ficar ainda mais só? Engraçado... É nesse momento que mais precisamos de afago e proteção. Mas bem que, quando nasce uma criança com vida, pode até entrar uma equipe de filmagem e fotografia, né?". A moça da enfermagem se calou e saiu.

Voltando aos paradoxos sobre os quais já comentamos, registramos outros aqui. Pilar estava indignada com tanta falta de t(r)ato naquele momento tão difícil. Ela se questionava sobre como era possível alguém que está perdendo um filho ficar no mesmo espaço, na mesma ala em que aquelas mães cujos bebês vêm ao mundo com sucesso. É uma dor dupla. Dói em dobro e ainda mais. Não há o acolhimento necessário para as mulheres (e seus companheiros e companheiras) que passam por isso. Falta humanidade, sensibilidade. Pilar não se conforma. Ela está certíssima.

Como se não bastasse, depois de todo o sofrimento, na hora de deixar o hospital, ela pegou sua alta com uma outra médica que, sem qualquer pudor comentou: "Que bom que você está indo hoje, vai poder comemorar o Ano Novo em casa". O que a tal da médica não tinha entendido é que a Pilar e o Rui não tinham NADA para comemorar naquele fim de ano. Os dois saíram do hospital cabisbaixos; ela numa cadeira de rodas que era empurrada por um enfermeiro bem jovem.

Seu mundo caiu ali aos seus pés, e ela nunca mais o encontrou. Ela se sentou no banco do carona do carro, com a ajuda do Rui, e voltou para casa com os braços e o ventre vazios.

Era 29 de dezembro, 11 da manhã.

Ela nunca mais foi a mesma.

NEM POR BRINCADEIRA

por Margarida Montejano

no narrado fica a marca do narrador, como a impressão da mão do oleiro sobre o pote de argila
WALTER BENJAMIM, *A modernidade e os modernos*

Verdade. Amizades são encontros que não se marcam. Elas brotam do afeto que sentimos, que despertamos. Essa amizade, por exemplo, nasceu virtual e mudou de forma em nosso primeiro encontro ao vivo naquela tarde, naquela mesa de padaria. E, por falar em encontro, compartilho com você, do meu modo de ouvir, de sentir, de pensar e de dizer, as emoções e formas que as palavras encontraram para descrever as nuances do amor que dão sentido à vida.

Nós nos reconhecemos tão logo nossos olhos se viram. Ela, que já estava me aguardando, disse:

— Que bom que rompemos a barreira virtual! — concordei com um abraço espontâneo.

— Sim! Uma amizade nascida em tempos de pandemia mudando de status! — respondi.

Pedimos então o café, e a conversa inicial sobre assuntos aleatórios, aos poucos, foi se soltando. Ela contou que havia gostado e se identificado com meus contos e poemas, desde que me encontrou nas redes sociais. Que estava ansiosa para me conhecer pessoalmente. Eu já a conhecia de nome, pois, além de ela ser uma renomada professora universitária, era atuante na política. Falei de minha admiração pelo seu trabalho e da alegria em encontrá-la pessoalmente.

Tínhamos, em comum, o magistério como profissão, então não faltou assunto. Falamos sobre o cenário político, os filhos, arte, cultura e, depois de relembrarmos algumas situações vividas, ela disse:

— Temos muita história, não é? — e, antes que eu pudesse falar algo, ela emendou: — *Não há agonia maior que ter uma história não contada dentro de você.* Este pensamento de Maya Angelou não me sai da cabeça. Aliás, você acredita na força das palavras? Se eu lhe contar uma história, você a escreve?

Somos feitas e feitos de histórias. Das vividas, das ouvidas, das silenciadas, das por viver e das que habitam, ainda, a memória.

Fiquei por um instante pensando na frase citada e nas questões colocadas por ela. Achei instigante a sua provocação e o seu pedido, contudo, sabia que meu papel era devolver-lhe o desafio de escrever. Sabia que, após ouvi-la, faria isso, pois aprendi que, quando a palavra encontra espaço para se materializar, quase sempre nos deparamos com uma pessoa que ainda não se descobriu escritora. Aprendi que ambas, a escuta e a escrita, têm potencial de libertação. E foi assim que continuei a ouvi-la.

Ficamos por horas conversando enquanto os nossos cafés esfriavam. Ela falava, e eu pensava nas tantas histórias que temos por contar! Tínhamos muito em comum. Estava encantada com minha amiga e com a força de sua narrativa. Quantas vidas construídas sobre pedras preciosas, brutas e raras, habitavam a memória daquela adorável narradora à minha frente!

Ela, comovida com as lembranças, tentava segurar a emoção. Na medida em que juntava os fatos vividos, as palavras pareciam ter vida própria. Disparavam de sua boca a galope, se libertando.

Pensamento e linguagem — histórias sem fim. Vida projetada em paisagens que, para não serem esquecidas, se repetem em você, no outro e em mim…

— Então… De todas estas histórias, presta atenção nesta que vou lhe contar!

Isa era o nome de mamãe. Uma mulher muito religiosa e pronta a acolher os filhos que Deus a ela confiasse. Com essa crença, engravidou 17 vezes, sofreu três abortos e 14 sobreviveram. Éramos uma grande família, conhecida como a família dos 14. Meu pai se formou dentista e sempre foi um homem atuante na política. Herdei isso dele. Minha mãe, uma mulher forte, desbravadora das palavras, gostava de ler, de contar histórias, de ensinar a gente a escrever, a falar. Sempre foi uma boa mãe e companheira. Meu pai repetia isso direto. Professora primária das boas, catequista de toda a criançada da vizinhança e confidente das mulheres, de perto ou de longe da vila em que nós morávamos.

Me lembro bem! Ela era uma mulher incansável e estava sempre disposta a socorrer as amigas e parentes que não hesitavam em procurá-la quando precisavam de um ombro, uma palavra, um abraço. Parece exagero o que estou lhe contando, mas era assim mesmo. Não havia quem não gostasse dela. Hoje, quando nos reunimos em família ou com os amigos para uma prosa, presente e passado se misturam e lá vem ela!

Alguém puxa da memória lembranças de Isa, as que ela contava e as que protagonizava! Fui a primeira filha depois de seis filhos homens e, como caçoavam meus irmãos, era a queridinha de mamãe. Para mim, todos eram queridinhos, pois na minha cabeça ela não fazia diferença com ninguém. Sempre fui muito atenta e curiosa. Adorava ouvi-la contar suas próprias histórias, as vividas por nossos tios e avós e, também, as dos livros que tínhamos em casa e os da biblioteca da escola.

— Essa era minha mãe! — suspirou e, olhando-me nos olhos, prosseguiu:

Lembranças que me marcaram e estão tatuadas em mim. Nunca vou me esquecer! Ela, com aquele jeitinho bravo e doce ao mesmo tempo, ensinando a mim e a meus 13 irmãos como a gente devia cuidar das coisas, dos bichos e das pessoas! Que devíamos, diante de um aborrecimento ou um confronto de ideias, prestar atenção. Dizia ela, olhando nos olhos da gente:

— Ouça o que o outro tem a dizer e argumente sempre. Defenda sua maneira de ver, mas lembre-se de que você pode errar e pode mudar sua opinião sempre! É sabedoria reconhecer os erros!

Repetia, quando chamava nossa atenção, que respeito era tudo e que, se não aprendêssemos em casa, a vida trataria de nos ensinar. Que devíamos estudar muito e nós, mulheres, muito mais. Na época, eu não compreendia bem isso, mais tarde compreendi. Mamãe era uma defensora dos direitos humanos.

Às vezes, quando ficava brava ou aborrecida por conta de alguma travessura, a gente já sabia. Bastava um olhar para entender e aguardar, pois sabíamos que, por mais simples que fosse o motivo, mais tarde a conversa séria viria. Eu e meus irmãos a ouvíamos e tentávamos, cada um a seu jeito, pensar no que ela queria dizer. Mamãe conhecia cada gosto nosso e, vez ou outra, fazia um agrado a cada um. Da comida preferida à história na hora de dormir. Das nossas forças e fragilidades. Quando um de nós ficava doente, ela se desdobrava nos cuidados e não sossegava.

Adoecia com a gente. Meu pai, naqueles momentos, a ajudava com os demais, até que tudo voltasse ao normal. E o normal era a casa cheia de barulho, de alegria. Assim era.

Eu a admirava e, como uma jovenzinha questionadora e atenta a tudo, não dava trégua com minhas dúvidas, angústias e inquietações que me tiravam o sono. Por várias vezes, a ouvi, aflita, dizer ao papai:

— Se acontecer alguma coisa de ruim com um de meus filhos, eu morro!

No instante em que minha amiga contava essa parte da história, parou de falar. Vi seus olhos marejados, e, com a mão trêmula, ela cobriu o rosto. Passados uns segundos, ela respirou fundo, tomou um gole do frio café e continuou.

Mamãe volta e meia repetia aquele pensamento, e eu não me conformava! Muitas vezes briguei com ela. Não aceitava essa maneira de pensar e de falar e, quando acontecia de ela assim se expressar, eu ficava doida!

— Mãe! Não diga nem por brincadeira! E seus outros filhos? Como ficarão sem a senhora?

Mas ela olhava para mim com doçura, me abraçava e me dizia:

— Um dia, quando for mãe, você vai me entender, filha! — eu retrucava dizendo que jamais iria entendê-la. E assim o tempo foi passando...

O fato é que nós crescemos com medo daquele "modo de dizer", como afirmava papai. Eu, como minha mãe, me tornei professora e, como meu pai, uma militante na docência e na política. Meus irmãos seguiram também os estudos e logo os netos vieram.

— Eis que viver é isso, não é? Vamos compondo histórias, minha amiga! Às vezes, custamos a entender os fatos que dão sentido às nossas vidas. Os que esquecemos talvez não tenham sido importantes, mas os que lembramos nos constituem. A vida é isso. Uma composição de dias alegres e tristes, sempre! — desabafou. Eu a ouvia atenta e, interessada, pensava no desfecho da narrativa.

Viver é isso. É o dia a experimentar a loucura do tempo acordado. Quando a noite vem, o tempo dorme com os olhos abertos escoando, pelos vãos dos sonhos, os anos que se foram e os que ainda hão de vir.

Curiosa, não resisti e perguntei:

— E sua mãe?

Com o olhar distante e com um gesto das mãos suspenso no ar, seguiu narrando as imagens que se projetavam em minha mente:

Um dia, meu irmão Valdo, o quarto filho, médico formado numa excelente universidade de Medicina do Rio de Janeiro, saiu em viagem com sua esposa, grávida, e, por uma infelicidade, sofreram um acidente no caminho de volta pra casa. Minha família foi avisada por telefone, e meus irmãos levaram papai e mamãe até o hospital. Apreensivos, com medo e com esperança, buscaram por informação. Não demorou, receberam a notícia de que o acidente havia sido fatal. Um desastre! Ele, tão jovem! Tinha apenas trinta e três anos, e a esposa, vinte anos.

Eu me lembro como se fosse hoje! Estava grávida de sete meses de minha primeira filha, e só fui avisada mais tarde. Minha irmã me contou que mamãe, ao ver os dois mortos, deu um grito ensurdecedor, fez o sinal da cruz e desfaleceu. Quando cheguei no velório, ela já estava no hospital, inconsciente. Momento difícil foi aquele! A dor da perda e o medo coexistiam em nós. Era impossível não me lembrar da frase que mamãe tantas vezes repetiu...

Mas, como se diz por aí... Palavras têm vida própria!

Fez nova pausa e continuou:

Ela, dias depois, faleceu. Juntou-se ao meu irmão!

— Uma história triste, minha amiga, mas aconteceu assim. Do jeito que lhe contei, foi uma tristeza tão grande, mas tão grande que...

A ideia da morte existe. Falar sobre ela é possível, mas vivê-la não é! É corte na carne, dor dilacerante que não tem remédio.

Como se revivesse as cenas, lágrimas rolavam em sua face. Dei-lhe, então, um lenço de papel que havia em minha bolsa. Ela, olhando-me, pareceu não ver meu gesto, secou o rosto com o dorso da mão e continuou:

Assim vivemos o luto por ela, por eles! Sobrevivemos e, apesar da ausência física deles, assumimos juntos o desafio de continuar a escrever a história da família, dos 14. Quanto a mim, apesar de passados quase cinquenta anos, ainda choro baixinho a maior frustração de minha vida. Minha mãe não conheceu nenhum dos meus filhos!

Sem o que dizer, seguramos a mão uma da outra. Em silêncio, ficamos com um nó na garganta. Chamei a garçonete que nos olhava à distância e pedi a ela duas garrafas de água. Hoje, ao recordar nosso encontro, posso dizer que havia, entre nós, a emoção de quem viveu uma experiência de dor e a reviveu ao compartilhá-la, e a emoção de quem ouvia e passava, a partir daquele momento, a ter parte naquela história. A dor compartilhada era minha também.

Lembrei-me do ditado popular que diz "só se sabe o que é ser mãe quando se tem filhos"... "Um modo de dizer!", pensei. Pensei em minha mãe, na mãe daquela mulher forte à minha frente. Pensei em nós duas, em todas as mulheres e em nossos filhos.

Voltando ao começo... Se eu acreditava que palavras têm vida própria... Na dor e na dúvida, muitas indagações emergiram, mas uma, em especial, não saía de minha cabeça. Como é possível continuar a viver quando se perde um filho?

Parecendo ler meus pensamentos, minha narradora querida interrompeu o silêncio e me tocou mais uma vez com palavras:

— Que bom ter contado a você esta história, guardava dentro de mim! Hoje, eu entendo minha mãe e concluo que, quando a gente ama, a morte a nós se apresenta de duas formas: a que leva do corpo a vida e a que leva da vida o corpo... Minha mãe me ensinou, do seu jeito, que o amor é a única maneira de vencermos a morte, pois os que amamos não morrem. Permanecem, na memória, vivos dentro de nós. Escreve esta história, por favor! — implorou minha amiga.

Selamos num abraço a cumplicidade do momento. Guardei na memória nosso encontro e, na despedida, disse a ela que precisava pensar. Lembrei-me, naquele instante, de uma frase de Alberto Caeiro que assim dizia: *Não é bastante ter ouvidos para se ouvir o que é dito. É preciso também que haja silêncio dentro da alma.* E era o que eu precisava.

Reflexiva, voltei para casa e, do portão, vi meus filhos brincando no quintal. Abaixei-me e os beijei emocionada, pensando no quanto cada um, na sua singularidade, representava para mim, no presente recebido naquela tarde especial e no Amor que não morre, que não tem fim.

Conto baseado em uma história real.

OS PEITOS E A FUMAÇA

por Jerusa Furbino

Sempre gostei de observar Roberto à janela. Achava reconfortante a maneira como ele se perdia nos pensamentos enquanto acendia mais um cigarro. O movimento gracioso de suas mãos, a dança sutil da fumaça que se dissipava no ar, tudo isso tinha um certo encanto aos meus olhos. Eu via naquelas pausas para fumar uma espécie de ritual sagrado, um momento de introspecção que ele valorizava tanto.

Mesmo não sendo fumante, nunca me incomodei com a fumaça. Foi justamente isso que me atraiu para Roberto. Era uma atração sem sentido, uma vez que a maioria das pessoas não fumantes odeiam o cheiro e a fumaça de cigarro, mas eu não. Eu era viciada naquele cheiro que Roberto trazia em suas roupas, em sua boca, em seus cabelos. Era um odor único, uma fragrância que só ele tinha.

Cada vez que ele acendia um cigarro, era como se uma parte dele se revelasse para mim. Sua expressão tranquila, os olhos perdidos no horizonte, o pequeno sorriso nos lábios enquanto soltava a fumaça para o alto. Tudo isso me fazia me sentir próxima dele, como se estivéssemos compartilhando um momento íntimo, mesmo estando separados pela janela.

Aquela fumaça era mais do que apenas um subproduto do hábito de Roberto; era um elo invisível que nos ligava, uma conexão silenciosa que apenas nós dois entendíamos. E eu sabia, mesmo naqueles momentos de contemplação solitária, que ele estava lá, presente, comigo, através da fumaça que preenchia o ar entre nós.

No entanto, tudo mudou em uma tarde comum, quando, distraída, olhei na direção do apartamento vizinho e notei algo incomum. Os olhos de Roberto, normalmente perdidos no horizonte distante, estavam fixos em algo mais próximo. E foi então que percebi a verdade por trás daquele hábito aparentemente inofensivo.

Os seios fartos da vizinha do prédio ao lado desfilavam pela janela, desafiando qualquer vestígio de privacidade. Meu coração apertou ao compreender que o objeto do fascínio de Roberto não era a fumaça que se dispersava, mas sim a visão provocante da mulher alheia. Uma mistura de choque e traição me envolveu enquanto eu testemunhava a traição silenciosa de meu próprio marido, usando o fumo como subterfúgio para alimentar sua lascívia.

Tentei manter uma leveza no momento, mesmo sentindo-me traída pela descoberta, optando por quebrar o gelo com uma pitada de humor.

— Uau, Roberto, o que é isso? Você finalmente descobriu os seios fartos da nossa vizinha? — eu disse, forçando um tom de brincadeira, embora meu coração ainda estivesse pesado com a traição que testemunhara. — Eu tenho observado essa vizinha há alguns meses, e você? Já tinha notado toda essa... liberdade há mais tempo?

Vi a surpresa nos olhos de Roberto diante da minha abordagem inesperada. Ele esboçou um sorriso nervoso, tentando disfarçar a tensão que pairava no ar.

— Ah, você sabe como é, Beatriz. Nunca reparei muito... Eu... Bem, só estava apreciando a vista da cidade, você sabe.

— Tudo bem, eu confio em você — respondi, tentando dissipar qualquer desconforto que pudesse pairar entre nós. — Claro que sei que você só gosta de apreciar a vista, por isso estou te perguntando. Não sou ciumenta, você se esqueceu?

Roberto olhou para mim com uma expressão mista de alívio e gratidão.

— Você é incrível, Beatriz. Você é o único amor da minha vida — disse ele sinceramente, buscando me reconfortar. — Os seios da moça podem ser bonitos, mas nada se compara aos seus. Você é minha prioridade, sempre.

Um sorriso trêmulo se formou em meus lábios enquanto absorvia suas palavras reconfortantes. Apesar do abalo causado pela descoberta anterior, uma centelha de esperança começou a se acender em meu peito.

Decidi deixar o tempo passar, observando atentamente o comportamento de Roberto ao fumar e os movimentos da vizinha nas próximas semanas. Para minha surpresa, descobri que a vizinha tinha vários parceiros, diferentes homens frequentavam sua casa regularmente.

Inclusive, levantei a suspeita de que ela pudesse estar envolvida em atividades profissionais duvidosas, dada a rotatividade dos homens que a visitavam.

Ao compartilhar minhas suspeitas com Roberto, ele riu e disse que eu estava sendo preconceituosa, depois completou sua fala de forma literal:

— Putas não cozinham para seus clientes!

A frase proferida por Roberto atingiu-me como um soco no estômago. Eu o encarei, sem acreditar no que acabara de ouvir.

— Quem está sendo preconceituoso agora é você — respondi, tentando controlar a raiva em minha voz. — De onde você tirou essa afirmação de que putas não cozinham para seus parceiros? Isso é um pouco estereotipado, não acha?

A fala de Roberto abriu um fluxo de pensamento, repleto de conflitos. Eu já não sabia mais o que argumentar. E se a vizinha fosse uma profissional do sexo, o que eu tinha com isso?

Neste casamento de 13 anos com Roberto, onde o desejo havia se esvaído, era a rotina que atravessava nossos corpos e desejos, esfacelando as promessas de amor eterno. A vizinha estava certa em trocar de parceiro como quem troca o sutiã, ou melhor, ela nem usava muito sutiã. Ela era livre, e eu era o quê? Indagava-me enquanto as dúvidas se acumulavam em minha mente.

A vida naquele instante pareceu congelar, como se o tempo decidisse dar uma pausa para que eu pudesse refletir sobre a dinâmica do meu casamento. É nesses momentos que me vejo imóvel, parada no tempo, enquanto observo os pequenos gestos, como a fumaça do cigarro de Roberto se dissipando no ar.

Estou paralisada. A frase de Roberto sobre putas não cozinharem para seus parceiros martelava em minha cabeça. Eu, que sempre tive discursos feministas, eu que, mesmo assim, sempre cozinhei para Roberto e o nosso filho, João Roberto, esses nomes feitos de homenagem, João era meu pai, Roberto meu grande e eterno amor, como imaginava até aquele momento.

Trabalho fora, mas cozinho dentro como sempre fez minha mãe, que nunca trabalhou fora, e agora descubro que as putas não cozinham para seus homens! Eu queria ser puta! Era isso, era esse o pensamento que veio como uma avalanche.

Confronto a ideia de perda. Relembro momentos felizes do passado, contrastando-os com a sensação de vazio que começou a permear nosso relacionamento. Talvez seja a perda da paixão inicial, da conexão profunda, ou simplesmente a perda daquilo que nós costumávamos ser.

Da paralisante ideia de me tornar alegoricamente uma puta, passo a contextualizar a perda desse casamento, da nossa história, da mesmice do dia a dia. Cuidar de casa, do marido, do filho, trabalhar fora, trabalhar dentro. Esse padrão preso à estrutura patriarcal... Quem eu queria agradar? Será que eu era feliz? Até onde vale a pena continuar nesse casamento feito de pouco afeto e quase nenhuma carícia? Nem lembro qual foi o último dia em que transamos e em que eu gozei de verdade.

É evidente o desencontro entre nós. Ele se satisfazendo com sua fumaça e os peitos da vizinha, e eu aqui, sendo uma espectadora dos desejos alheios do marido que já não recaem sobre mim. Dizem que onde há fumaça há fogo. No caso da minha vida, a fumaça levou aos peitos, que me levaram à revelação do inevitável, do já anunciado prólogo do fim. Eu não queria ver, mas foram os peitos da vizinha que descortinaram a nuvem de fumaça que já se formava há tanto tempo.

Faço todo o fluxo de pensamentos sobre o divórcio, examinando cada aspecto com precisão cirúrgica. Primeiro, penso na guarda do nosso filho, João Roberto. Imagino os momentos em que ele estará comigo e os momentos em que estará com o pai. Pondero sobre como isso afetará sua rotina, seus estudos, suas atividades extracurriculares. O coração se aperta ao considerar que, mesmo desejando o divórcio, não posso evitar a dor que João também sentirá com a nossa separação.

As visitas também ocupam meus pensamentos. Como será a dinâmica dos encontros entre João e Roberto? Será que conseguirão manter uma relação saudável, apesar da separação? Me vejo planejando cada detalhe das visitas, imaginando momentos felizes entre pai e filho, mas também temendo os conflitos que podem surgir.

A questão da pensão também é uma preocupação presente. Calculo mentalmente as despesas necessárias para cuidar de João e manter nosso padrão de vida. Me pergunto se Roberto estará disposto a contribuir financeiramente de maneira justa, garantindo o bem-estar do nosso filho.

Com tudo resolvido em minha cabeça, sinto uma mistura de alívio e apreensão. Decido chamar Roberto para conversar, enquanto ele ainda soprava a fumaça do cigarro que ele acabara de apagar no velho cinzeiro prata que ganhamos de casamento.

— Roberto, nós precisamos conversar.

AMOR MAIOR

por Ivânia Rocha

Eu hoje acordei com muita saudade de Dona Maria. Desde que ela partiu, sinto falta dela todos os dias, mas acredito que, pela proximidade do Dia das Mães, o aperto no peito ficou mais forte. Não é um sentimento ruim. Pelo contrário, é uma quentura boa no coração, pois carrego memórias afetivas de toda uma vida, marcada por amor, carinho, ensinamentos, conselhos e puxões de orelha de minha mãe.

Recordo com ternura dela fazendo cafuné em mim, quando eu era apenas uma garotinha, ou modelando pequenos bolinhos de comida com as mãos para fazer a filha enjoada, que não podia comer quase nada, nutrir-se de alguma forma.

Lembro-me da minha mãe cozinhando toneladas de comida — a cozinha era o coração da casa, e ela, a alma. Dona Maria conseguia transformar qualquer comidinha em um prato maravilhoso: andu, maxixe, galinha caipira, todo tipo de feijão, aipim, farofa ou o que fosse — ela punha suas mãos mágicas em ação, e em pouco tempo tínhamos um banquete. E podia chegar o tanto de gente que fosse, teria comida suficiente. Se não chegassem várias pessoas para comer, sobrava um monte de alimento cozido que, depois, ela jogava para as galinhas que faltavam era não andar, de tão gordas.

Não posso me esquecer dos pitos que dava na gente. Mãe de treze filhos quando eu era pequena — dos quinze que pariu, dois desencarnaram precocemente —, ela tinha que fazer uma ginástica incrível para dar conta de tudo: casa, comida, filhos, marido, costuras, remendos, remédios e as mil e uma atribuições das mães. Era preciso ter pulso para controlar a prole numerosa, ruidosa, exigente e irrequieta que nós formávamos.

Por falar em remendos, ela não me deixava chegar perto da velha máquina de costura, nem das suas panelas. Aprendi a cozinhar de teimosa. Como não insisti muito no ofício de costurar, só faço o básico nesse campo, como pregar um botão ou fazer uma bainha. Ela vivia repetindo:

— Você, Lindoya, não vai ser dona de casa como eu, não. Vai terminar seus estudos, ter um emprego e um salário para não precisar depender de ninguém!

Minha mãe pouco frequentou a escola, mal sabia ler e já era feminista — militava no sentido de garantir direitos iguais às filhas e aos filhos, tanto se esforçando para as meninas terem acesso ao mundo letrado e ao mercado de trabalho, como para os meninos aprenderem a se virar com os cuidados de casa, como cozinhar, lavar roupa, limpar a casa e irem à escola — ela também não desejava que os filhos ficassem restritos à lida no campo.

Às vezes, ela ficava triste ou zangada, mas logo passava. Dona Maria era possuidora dos olhos mais expressivos do mundo — deles brotava amor em lágrimas, risos e fachos luminosos que irradiavam até nós, os seus rebentos. O amor que ela emitia em ondas era o mais aconchegante do universo — um sentimento gostoso que, só de lembrar, sinto um quentinho no coração.

Dona Mãe não chegou a concluir nem a educação primária; sabia ler e escrever, mas era uma das pessoas mais letradas que tive oportunidade de conhecer. Ela fez questão de mudar a realidade dos filhos — vendeu uma roça que tinha recebido como herança e comprou uma casa na cidade, para que eu e meus irmãos pudéssemos estudar. Enquanto viveu, deu valor à educação, à leitura e aos professores. Ela nutria uma admiração saudável por quem estudava e se esforçava; ainda mais se a pessoa transmitisse o que tinha aprendido — aí ela era fã.

Quando ela já era uma senhorinha, com seus mais de 70 anos, um de meus irmãos, depois de ter se casado com uma mulher e de ter sido pai de três filhos, criou coragem e assumiu sua homossexualidade. Quando nosso pai ficou sabendo, chorou. Duas semanas após Mário ter saído armário, encontrei minha mãe e Josias debulhando uma bacia de feijão-verde, lá na roça, que era o lugar preferido dela no mundo inteiro.

Chamei mãe de lado e perguntei:

— Mãe, a senhora sabe que Josias é namorado de Mário? Sabe o que isso significa?

— Eu sei, minha filha. Eu percebi. Sei também que ele vai ter dificuldade, mas a vida é assim.

— E a senhora não se importa?

— Não, meu bem. Eu entendo e respeito as escolhas dele. Ele não era feliz com aquela mulher. E, agora, ele está muito contente, parece outro. E é isso que importa, não é?

Era o que importava, de verdade.

Outra vez, algum tempo após termos perdido meu irmão Flávio para a leucemia, depois de um período de luto, mãe acordou cantando — ela amava música, tinha uma voz linda. Fiquei curiosa com a mudança de humor, e Dona Maria explicou:

— Estive com Flávio na noite passada. Ele veio me falar, em sonho, que está bem e feliz e que um dia, vamos nos encontrar. Meu coração se aquietou.

Ela era assim: uma criatura de fé, de esperança e de bondade. Ficava feliz com quase nada e tinha uma certeza férrea em um Ser Superior e na justiça divina, destino ou sina, mesmo reconhecendo que era preciso o ser humano agir. Não perdia uma oportunidade de ajudar. Por outro lado, não lhe restava nem o menor sinal de filtro — falava tudo o que vinha à mente e tinha respostas na ponta da língua.

Quanto ao seu gosto musical, era impecável: ela cantava com uma voz melodiosa e muito afinada a canção *Índia*, de Cascatinha e Inhana; ainda agora, ouço a sua voz cantando o refrão: "*Índia da pele morena/Sua boca pequena/Eu quero beijar/Índia, sangue tupi/Tem o cheiro da flor/Vem, que eu quero te dar/Todo meu grande amor*" — era uma coisa linda de se ver e ouvir. Ficávamos todos de boca aberta quando ela cantava. Eu sempre chorava de emoção quando ela interpretava *Assum preto*, de Luiz Gonzaga. Além da canção ser triste, ela punha toda a sua alma enquanto derramava os versos doídos sobre o pássaro que teve os olhos cegados para cantar melhor.

Um fato interessante sobre o seu repertório musical é que ela conhecia o *Hino ao Dois de Julho*. Pois é — até hoje, quase ninguém sabe. Ouso dizer que muita gente desconhece que se trata do *Hino da Bahia*, e Dona Maria sabia de cor toda a letra da canção que celebra a Independência da Bahia e o início das lutas pela Independência do Brasil. Ela era dessas pessoas que amavam seu lugar e valorizavam suas origens.

Um dia, eu estava chateada com meus filhos adolescentes, que estavam comendo o restinho de meu juízo, e resolvi perguntar à mãe se eu dei muito trabalho nessa fase, ao que ela prontamente me respondeu:

— Nunca. Você, Lindoya, foi um presente.

Éramos assim: melhores amigas. Eu fui uma filha desejada e amada e, mais tarde, me tornei uma companheira de conversas, travessuras e cumplicidades com a minha mãe. Eu fazia todos os gostos dela: comprava guloseimas que dividíamos, levava para passear, trocávamos confidências e experiências.

Ela era, de longe, a minha maior fã — exibia as fotos de minhas formaturas e foi uma grande incentivadora de meu processo de escrita. Quando fui publicar o meu primeiro livro, verdinha, contratei um serviço caro de editoração

— ela fez questão de contribuir financeiramente com o pouco que podia. Gostava muito de ler, sei que seria a minha leitora mais perene.

Passamos os últimos quinze dias da vida dela neste plano no hospital — eu e minha irmã mais velha revezávamos de dia, e dois de nossos irmãos ficavam com ela à noite. Acompanhei a evolução da pneumonia, inicialmente assintomática, que evoluiu rapidamente para um quadro de dor crônica e falta de ar. Não houve remédio que desse jeito. Vi aquela mulher forte e guerreira, descendente dos primeiros povos da Nação, lutar até que não teve mais forças. No final, ela pedia a Deus para libertá-la desse mundo.

Nos seus últimos momentos, eu estava com suspeita de COVID. Ainda era o auge da pandemia. Naquele dia, não comecei meu plantão ao lado do leito dela no horário normal, demorei a ir ao hospital para poder fazer o teste (por desencargo de consciência, pois tinha tido COVID, e foi bem diferente do que eu estava sentindo). Deu negativo. Saí do postinho em minha cidade para ficar com a minha mãe, mas sabia que ela estava partindo. A compreensão desse fato veio feito um raio. Senti uma ausência e um vazio gigantescos.

Assim que cheguei ao quarto onde minha mãe estava internada, já sabia que encontraria somente o seu corpo. Tive esse pressentimento logo que cheguei na entrada do hospital. Encontrei com uma de minhas irmãs no corredor — Dona Maria tinha chamado por ela todos os dias, desde que havia sido hospitalizada. Marlise já tinha ido uma vez e só pôde ir de novo naquele momento. Logo que chegou, nossa mãe se foi. Parecia que estava esperando aquele último encontro para poder partir.

A sensação que me acompanhara durante toda a manhã daquele fatídico 10 de agosto de 2021 — de perda — era justificada. Minha mãe já havia partido. Senti uma estranha paz. Dona Maria já não sofria.

Passei a agir no piloto automático. Entrei em contato com a funerária. Tempos difíceis. Muitas mortes. O serviço demorou. Quando finalmente chegou, o motorista veio sozinho. Senti pena. Ajudei no processo de preparação do corpo de minha amada — vi quando seus lábios foram colados, o algodão inserido nas narinas —, o preparo do caixão — dispus todas as flores, uma a uma, no maior capricho —, foi o meu último gesto de carinho e afeto para aquela mulher extraordinária. O amor maior que recebi na vida. Amor de mãe.

DESCANSOU

por Fernanda Sanson Durand

— Vamos, menina! Acorda pra chorar!!!

Essa foi a primeira frase que eu ouvi na vida fora da barriga. Evidente que não me lembro, mas mamãe sempre fez questão de dizer que eu já era lerda antes mesmo de nascer. Os nove meses chegaram, e nada de eu me manifestar. Foi providencial uma cesariana para me tirarem de lá dormindo.

O médico batia nas nádegas: "Acorda pra chorar!". Os cenários até que mudavam daí para a frente, as situações nem tanto.

"Põe no andador pra ver se ela agiliza."

"O que você quer? Ah... Deve ser água. Tão simples e ainda não fala! Toma aqui!"

"Não saiu das fraldas?"

"A filha da vizinha da minha cunhada tem a mesma idade e já escreve o próprio nome."

"Estamos em agosto, sua irmã já passou de ano, e você?"

"Ainda não menstruou?"

"Já tem namoradinho?"

"Já sabe o que vai prestar no vestibular?"

Tinha a impressão de nunca ter nenhuma resposta, mas, quando dei por mim, estava lá na Escola de Madres disputando vaga para Direito. Por quê, mesmo? Fui cuspida ali pela enxurrada.

"É universidade pública?"

"Foi aprovada em qual posição?"

"Vai ser juíza?"

"Também é daquelas feministas do sovaco cabeludo a favor do aborto?"

"Sua mãe sabe que os meninos frequentam a sua república?"

"Emagreça para ficar elegante na beca!"

"Antes do mestrado não se consegue nada."

"Já passou na O.A.B.?"

A vaga de estágio parecia glamorosa, mas mostrou-se mais próxima do regime de escravidão do que eu poderia imaginar. Disseram que, se me efetivassem, ficaria bom. Efetivaram, mas a remuneração não subiu quase nada, e eu era, de fato, mais uma estagiária sênior do que uma advogada júnior. Disseram que, com a promoção, ficaria bom. Passaram três anos. Mas já! Promovida. Passei do coworking para uma sala praticamente privativa, eu e duas. O traje deveria ser outro, já não se admitia qualquer tecido e muito menos qualquer estampa. Cabelo alisado mesmo nas temporadas de chuva todos os dias. O advogado chefe do meu setor fuzilava qualquer quilinho extra com os olhos de lince que se preocupavam com um prazo processual tanto quanto com um esmalte lascado. Disseram que o cargo dele, sim, era bom, mas que seria inútil almejá-lo pois exigia, dentre outras coisas, os sobrenomes que carregava: o do nascimento e o do casamento.

"Marcaram a data?"

"Onde vão morar?"

"Aproveita dormir agora, porque quando os filhos vierem..."

"Você vai continuar a trabalhar com tantos outros homens?"

"Não acha demodê casar na igreja?"

"Sua família bancou sua festa, né?"

"Tem certeza que quer aquele vestido?"

"Tem certeza que quer aquele marido?"

Sair do escritório após as dezenove horas é mesmo a melhor opção, porque o trânsito flui, e em quarenta e cinco minutos já estou em casa. Consigo jantar com as crianças e pôr pra dormir. A psicóloga da escola mandou uma mensagem reiterando que precisa falar comigo. O *tio* do transporte escolar mandou mensagem cobrando o pagamento do mês. A sensei mandou mensagem floreando a importância de eu estar presente à cerimônia de troca de faixa. A pediatra me mandou o *link* daquela influencer famosinha que explica por que criança tem que dormir cedo.

No supermercado, uma mulher me abordou. De onde eu a conheço? Do escritório não é... Cliente, talvez...

— E a Valentina, como vai? Deve estar comprida!

Um sorriso estático paralisava meu rosto.

Minha filha surgiu detrás das prateleiras de escovas de dentes com os braços abertos. Correu em direção à estranha e pulou em seu colo.

As duas conversavam, e eu descobria que minha filha já sabia a tabuada do sete, que agora não era mais tão difícil fazer a letra cursiva quanto no ano anterior e que aquela mulher havia sido sua professora. Voltei para a terapia.

"Que espécie de mãe eu sou?"

"Eu comprei esses tênis há algumas semanas, e está pegando o dedão!"

"Já me acostumei com a insônia."

"Será que fiz bem em me casar?"

"Não deveria ter insistido em tirar férias em mês tão disputado como janeiro."

"Não é ansiolítico, é fitoterápico."

Ouvi a voz do meu pai: já não era tão possante, não era tão alta e incisiva. Pedi favor à faxineira "Não deixa minha mãe esquecer o remédio! Um comprimido agora e outro depois do almoço". Acabaram. Na primeira farmácia não tinha a dosagem, a segunda exigiu três esquinas com farol vermelho e uma fila no caixa que me fez lembrar, somente ali, que eu poderia ter pedido para entregar em casa.

"Te convido pra jantar, reservo um restaurante top e você chega essa hora?"

"Você deveria ter relevado, se não por você, pelas crianças, que precisam do pai por perto. Agora aguenta!"

“Ele apresentou a documentação comprovando que ganha somente um salário-mínimo, por isso só poderá dar quatrocentos reais.”

“Esse fim de semana é com o pai.”

“Eu te pago pensão pra você sustentar marmanjo?”

“Mãezinha! O Mateus tá com febre. Pode vir buscar?”

Sempre imaginei que, quando chegasse perto dos quarenta anos, já ocuparia uma das salas do último andar. Recebi um e-mail de desligamento como um ácaro espanado sem sequer ser notado. Remanejamento, foi o que disseram oficialmente. Precisamos ter aqui pessoas com as quais podemos contar, foi a pá de cal trazida pela nova gerente de RH. De nada adiantou alegar a garganta do filho, o A.V.C. do pai ou o Alzheimer da mãe.

“Se você conseguir a nossa vaga, quem ficaria com os seus filhos?”

“Na casa do meu pai é muito melhor!”

“Você não manda em mim!”

“Essa já é a segunda suspensão em menos de um ano.”

“Desculpa! Eu queria muito ter chegado a tempo de assistir à apresentação...”

“O menino está com vermelho em Matemática desde o começo do ano e você não viu isso?”

Agendar a consulta com oncologista é a primeira prova de coragem. O exame de imagem não deixava dúvidas. O plano cobria o tratamento tradicional, mas tinha aquele moderno vindo do exterior que incluía um procedimento que preservava os cabelos. Não poderia desfalcar a poupança pra faculdade das crianças. Uma vizinha, com quem eu antes não havia trocado meia dúzia de palavras, me ensinou a fazer nós em lenços de seda.

"Você deveria ter se cuidado mais!"

"Sabia que os cabelos nascem diferente? Se eram lisos, voltam crespos!"

"Na verdade, você que se afastou. Não apareceu mais em casa..."

"Se não se sente bem para dirigir, pede um carro por aplicativo. Não há necessidade de eu ir junto para a quimioterapia."

"Você é uma louca!"

"Vai ser melhor para sua recuperação, eu moro com meu pai e venho te visitar aos finais de semana."

Nas sessões da oncologia fiz algumas amigas. Descobri ter sido contemporânea de uma delas na faculdade e de outra no escritório, mas não as reconheci. Tivemos sorte, disse uma delas, pois não perdemos ninguém no período que passamos aqui. Dois anos depois, reencontrei por acaso aquela que havia sido minha colega de trabalho, e chamavam a atenção seus cabelos já um tanto crescidos. Carregava várias pastas nas mãos, sobre saltos altos e bolsa agigantada caindo pelo ombro. Somente os olhos fundos mostravam que ainda não estava pronta para retomar a rotina. Será que em algum momento estamos?

"Eu até pensei em te ligar durante o tratamento, mas..."

"Não é que o canalha se casou de novo?"

"Parabéns! O diploma de um filho é o troféu de sucesso de uma mãe!"

"Bonitona a mulher... Quer dizer, ela tem um ar meio de biscate, não acha? Inacreditável ele vir com ela ao baile de formatura da Valentina!"

"Você não está gorda, está inchada!"

Toda perda é sofrida, mas, quando é de alguém da nossa relação horizontal, que tem mais ou menos a nossa idade, a vida faz questão de lembrar em letras garrafais: PODERIA SER VOCÊ.

"Incrível, falei com ela ontem!"

"Para morrer, basta estar viva."

"Viu que a cunhada que mora nos Estados Unidos veio para o velório?"

"Olha lá o marido aos prantos! Aprontou até não querer mais e agora faz essa cena!"

"Parece que ela fez um seguro de vida dos grandes!"

Uma amiga. Uma mulher na minha idade, nas minhas raízes suavemente grisalhas, no meu sobrepeso, na minha pele com sulcos finos...

"Não vai acompanhar os filhos adultos!"

Senti tristeza.

"Parece até que está dormindo! Descansou!"

Senti inveja.

PEGUEI UM AVIÃO PARA ATRAVESSAR A RUA

por Patrícia Xavier

O homem pareceu não entender o meu pedido. Mesmo assim, concordou em me encontrar dali a duas semanas, num café com vista para a Ópera de Paris. Marcamos às dez da manhã de uma terça-feira. A biografia desse antes desconhecido, escrita pelo meu pai, levou sua história ao cinema e trouxe dinheiro para além da vida.

Encontraria lá o outono. Não é minha estação preferida, apesar do céu quase sempre azul. Esses dias despertam em mim um desejo de andar na rua só para sentir a timidez do sol e descobrir lugares que oferecem bebidas quentes e assentos confortáveis e, principalmente, que deixam os clientes extrapolarem o tempo depois da xícara vazia, com o olhar flutuando entre a porta de entrada e a calçada como se esperassem algo que os surpreenda.

Arrumei uma mala média, o corpo carregaria o único casaco, empréstimo de uma amiga que morou em Londres e decidiu voltar ao Brasil depois de não suportar mais a frieza não só do clima. Quis evitar peso, então decidi deixar o notebook em casa e levar apenas o tablet, um caderno para anotações e um gravador que achei na gaveta da mesa do escritório do meu pai. Era o item mais digital infiltrado na vida orgulhosamente analógica que levava. O aparelho que aprisionava a voz dos entrevistados estava entre papéis e canetas, cadernos para catalogar as entrevistas e blocos de notas com folhas amareladas, sujas de café e repletas de palavras riscadas, flechas indicando a necessidade de correções e nomes despejados pelas bordas.

Saber quem era o meu pai sempre provocou nas pessoas reações que a todo custo eu buscava evitar. Me ofereciam o melhor lugar no restaurante, um desconto na livraria e ingressos para palestras esgotadas de nomes premiados da literatura e até de ex-presidentes das nações mais ricas do mundo. Carrego meu sobrenome com uma displicência calculada, recusando de certo modo o que me traz de herança.

Nas viagens dele, eu passava horas afundada na poltrona do escritório, revirando folhas e cavando recordações na memória desgastada pelos anos. Quando entendi que o mundo era a sua casa, resolvi abrir distância para disfarçar a existência do que não podíamos resolver. Achávamos que nossa relação polida, com escassos episódios de interesse pela vida um do outro, seria suficiente para entender o porquê de sermos família.

Imprimi uma foto do homem que eu encontraria em Paris e passei algumas horas das minhas noites encarando o rosto redondo e os cabelos ralos, com os poucos fios grudados atrás da orelha. Lembrei a conversa ao telefone e a alegria descarada, talvez pelo que uma vida milionária possa oferecer. Duvidei da necessidade de lentes tão grossas nos óculos e o imaginei se movendo a passos lentos para transportar o corpo que transbordava gordura. Assisti a algumas entrevistas dele na televisão, a voz falhava nos momentos de hesitação, como quando buscava no fundo da mente uma resposta enquanto a boca soltava murmúrios pouco interessantes.

Ele mostrou surpresa quando liguei, mas evidenciou estar mais disponível agora que as entrevistas tinham cessado. Nos falamos por pouco mais de quinze minutos, contou que fugia da cidade no inverno e evitava os restaurantes onde pudesse encontrar o ator que o representou no cinema. Não concordou com a escolha, achava o jovem bonito demais. Carregava orgulho no tom usado para falar sobre o que o fez famoso. Não descobriu a cura de uma doença nem fez nenhum gesto pela paz mundial. Liderou estudos sobre o desaparecimento de espécies de pássaros nas florestas ao longo de décadas, sob o impacto do aquecimento global. Ficava entranhado na mata, ouvindo o som de aves implorando por ajuda, morrendo de calor e sem comida, definhando junto com o planeta.

Era o tipo de personagem que meu pai descobria e arrancava do anonimato. Saber da história dessa figura que eu encontraria do outro lado do oceano me fez lembrar a única vez em que meu pai me levou ao zoológico. Ele ficou parado na frente de umas aves coloridas e, com as mãos nos bolsos soltou: "elas são puro mistério". E hoje entendo que chamava de pai um homem que não conhecia. O que eu conhecia era ausência. Treinava uma entrevista com ele que começaria pelo meu desejo em entender por que fabricar um ser humano e experimentar a vida o mais distante possível da sua criação.

Comigo ainda criança, os telefonemas na hora do jantar ajudavam a dissipar a culpa nele, e eu me esquecia das noites em que pegava no sono com o choro da minha mãe no quarto ao lado. Quando meu pai chegava de longe, brincávamos no meio da sala, ele tirava o sapato e entrava comigo no universo de invenções e risadas de revirar o corpo no carpete. Por algumas semanas, ele enchia a casa com sua presença marcada pelo cheiro de ovos mexidos e café. No quarto, a mala não voltava ao armário, esperava de pé pelas roupas que carregaria para a próxima entrevista já agendada.

Ele estava longe quando morreu, e pensei que, nem antes de ir embora de vez, se dignou a voltar. Foi o coração, disseram. Não sei como trouxeram o corpo imóvel para ser soterrado nestas terras. Fingi desinteresse. É proteção, disseram. Na manhã da despedida, não chorei. Pensava em como nos perdemos. Não contei do susto com o assalto, da alegria pela promoção, de como aprendi com ele a duvidar que existe amor.

Olhei para a caixa que guardava meu pai e fiz esforço para ouvir o que ele contaria sobre a vida que encontrou tão distante de casa e das comidas cruas que dançaram em sua boca.

Eu o via percorrendo extensos corredores de hotéis e assistindo da beira da cama a um programa de auditório numa língua que talvez não entendesse. Imaginava esse homem cansado comendo um hambúrguer no quarto e depois descendo até o bar onde o ambiente escuro disfarçava o desgaste das poltronas marrons e encobria os rostos que deixavam o álcool dissolver a saudade. Ele aceitou conviver com ela nos longos períodos em que ficava fora de casa em busca de histórias que viraram livros, reportagens especiais que consolidaram seu nome no jornalismo literário.

Na adolescência, pensava que talvez ele não quisesse estar aqui, ouvir minha voz aguda, sentir a nicotina entranhada na minha pele. Hoje, fingindo ser adulta, penso que ele não conseguia fugir da busca pelo novo e de contar histórias para o mundo, mesmo que deixasse de escrever a nossa. Decidi refazer os caminhos do homem que conheci através do que escreveu. Seis biografias, seis seres humanos que meu pai rodou o mundo para encontrar. Queria saber deles qual a primeira pergunta que fazia, se deixava o café esfriar enquanto mergulhava na entrevista. Precisava ouvir através desses estranhos se o cigarro ainda o fazia tossir e como insistia em saber o que não queriam contar.

O homem do primeiro encontro apareceu de camisa branca e sapatos lustrosos, na manhã de frio ameno. Aparentava carregar mais do que seus sessenta e dois anos. Na mesa ao lado da janela, vi quando o motorista o deixou na esquina. Ele entrou no café e veio direto na minha direção como um conhecido faria. Olhou rapidamente para sua biografia ao lado do gravador num canto da mesa, e apertou minha mão com um sorriso que fazia seu rosto parecer mais esférico. Contou como foi a primeira de várias entrevistas que concedeu ao longo de meses. Lembrou que meu pai falou sobre a família e mostrou uma foto minha, a filha publicitária que se arriscava escritora. Encarando o papel um pouco amassado, baixou o tom de voz: “ela é o meu melhor trabalho”.

O desconhecido que encontrei no café distante de casa transformou um abismo em uma rua a ser atravessada.

TRILHA

por Sueli Ramôa

Presa no engarrafamento rumo ao seu apartamento na Barra da Tijuca, Alessandra se esforça para não pensar no trabalho. Havia tido um dia estressante no escritório. O cargo de chefia que assumiu no mês passado vinha tirando-lhe o sono. Apesar da imensa responsabilidade por seus poucos anos de vida, certamente dará conta. Seu costumeiro bom humor, o calmo temperamento e uma equipe competente são suas armas para cumprir a nova missão. O marido, antes do sim para a proposta da firma, a fizera jurar que não haveria hora extra e muito menos assuntos profissionais à mesa do jantar. Jorge é um homem bom e cuida dela com carinho, não poderia ter achado um marido melhor. É a primeira terça-feira de maio. A temperatura amena traz conforto ao fim da tarde. A bela luz do outono torna o cenário da volta para casa um privilégio.

No primeiro sinal procurou aquela espinha rebelde, quase madura, que apareceu do nada em sua testa. Intuiu que era o estresse se apresentando em forma de uma bola de pus, menos mal. Encarou a realidade das primeiras linhas de expressão entre os olhos e não gostou do que viu. Levantou rapidamente o retrovisor e decidiu, de qualquer maneira, marcar uma nova consulta com a dermatologista. O ano está passando tão depressa; parece que foi ontem que realizou o sonho de conhecer a Grécia e a Turquia. A subida na Acrópole foi uma das experiências mais emocionantes de sua vida. Espalmar as mãos sobre aquelas colunas dóricas do Parthenon, onde talvez Platão tivesse, há séculos, apoiado seus dedos, elevou seu espírito a um patamar nunca antes alcançado. Jorge sempre quis conhecer as origens do seu santo protetor, a quem deve o nome. O voo pela Capadócia foi uma aventura bem destemida, seu pavor de altura foi superado com louvor. Um orgulho descontrolado toma conta do seu corpo, quando aciona por voz o sistema de som do carro zero km, primeiro fruto concreto da promoção. A trilha sonora que a acompanha pelo caminho inicia com a intenção dos versos de Jairzinho: "*Pra viver e pra ver não é preciso muito/ Atenção, a lição está em cada gesto/Tá no mar, tá no ar/No brilho dos seus olhos/Eu não quero tudo de uma vez/Eu só tenho um simples desejo/ Hoje eu só quero que o dia termine bem*".

O tráfego empacou, é o momento certo para abrir os e-mails. Os do trabalho não lê, é mulher de palavra, por enquanto. Aproveitou o sinal fechado para comprar a tradicional casquinha de biscoito e não se preocupou com os farelos sobre a roupa. Que se dane a dieta, o gosto da infância divertida é o que ela quer sentir no momento. As luzes dos faróis na pista de mão dupla ofuscam sua visão no próximo trecho do percurso e exigem atenção redobrada. A lentidão da fila de carros lhe permite ver com detalhes o corpo do motociclista caído na pista oposta. Um leve tremor no tórax e um arrepio na nuca confirmam que ela não está pronta para grandes emoções. O túnel à frente, feericamente iluminado, contrasta com seu pensamento, abatido nesse instante pela perda recente de seu pai e a lembrança da tia que está no CTI, com o mesmo prognóstico, há vinte dias. Envelhecer, adoecer, morrer são verbos que não deveriam ser conjugados, em nenhum tempo. De fatos desagradáveis e circunstâncias inevitáveis ela quer distância; já bastam os planos de uma vida inteira a serem realizados.

Na vida, assim como o trânsito, Alessandra pratica a direção defensiva. Paciência, respeito e solidariedade são as virtudes que lhe permitem atravessar os dias sem grandes arranhões na lataria e desvios perturbadores na alma. Neste fim de semana irão comemorar o quarto aniversário de casamento. Tomara que ele tenha comprado o anel de prata sugerido por ela, com sutileza, enquanto surfava na internet. O marido nem desconfia de que ela já comprou as passagens para Buenos Aires, com direito a aula de tango, que ele tanto adora. No princípio da relação, ela apenas assistia ao marido crescer nos negócios — uma fábrica de acessórios e ferragens para banheiros — até conseguir ganhar uma vida profissional independente. A casa bem decorada e o endereço nobre são testemunhas da estabilidade financeira do casal. Mas (há sempre um "mas" nos relacionamentos) o futuro promissor que viajou para Paris em lua de mel estava aos poucos desaparecendo. O pequeno príncipe ainda se mostrava interessado, como deve ser todo aquele que cativa.

Porém, alguma coisa não se encaixa naquela união, e Alessandra não consegue vislumbrar o que pode ser. Consola-se com Bebel Gilberto cantando lindamente: "*Quando a gente conversa/Contando casos, besteiras/Tanta coisa em comum/ Deixando escapar segredos/E eu não sei que hora dizer/Me dá um medo, que medo/Eu preciso dizer que te amo/Te ganhar ou perder sem engano*".

As unhas são o alvo de sua atenção no próximo semáforo, aquela porta emperrada do arquivo havia produzido um grande estrago logo no princípio da semana. Ela conta com o vidro de acetona que está sempre na gaveta do carro; é uma mulher prevenida. Uma demão de cintilante branco ao chegar a casa irá solucionar o problema. Sábado, no salão, testará um azul intenso. O megacartaz do shopping anuncia o Dia das Mães. Ainda não tiveram filhos, mas terão um dia. Assim que estiverem dispostos a transformar o tempo livre na agenda, dedicado aos bares e cinema, às trocas de fraldas e passeios na pracinha. O tamanho do sorriso de Alessandra é compatível com o sentimento moderado que essa ideia desperta. O afeto é algo que aprenderam a dispensar na vida morna e segura que levam. Onde foram parar as juras de amor eterno? Quem sabe amanhã, quando Jorge voltar de São Paulo, conversem sério sobre o assunto.

Alessandra está longe de ser feliz. Ela ainda não entendeu que isso não é da competência do marido Jorge, e sim, sua. O item fidelidade aparece no topo da lista de qualidades questionadas. Quantas vezes desabafou suas suspeitas com Andreia, a melhor amiga desde a adolescência. Quando

Jorge se aproximou naquela festa, não houve, ao menos, uma disputa entre as duas. Andreia não gostava de baixinhos, mas Alessandra encantou-se com a gentileza do rapaz franzino. Recorda as palavras consoladoras que ouvia da conselheira: "Teu marido é um homem de bem, jamais vai te fazer algum mal, para de inventar problemas e curte a vida!". Ela admite que às vezes exige demais do destino, e relaxa o corpo no assento de couro. Mais um viaduto, e estará em casa, o descanso merecido se encontra a poucos metros. Ainda dá tempo de ouvir o lamento de Joyce: "*Um fogo queimou dentro de mim/ Que não tem mais jeito de se apagar/Nem mesmo com toda a* água do mar/Preciso aprender os mistérios do fogo pra te incendiar/Vida breve, natureza/Quem mandou, coração?".

Depois do demorado banho na hidromassagem, abriu uma garrafa de vinho premiado da adega climatizada e serviu com parcimônia. Aquele ponto de metal escuro dentro do pote de vidro branco, preenchido pela metade com rolhas raras, chamou sua atenção. Curiosidade ilustra, mas também mata. Jorge repetia esse jargão a cada vez que era submetido às perguntas indiscretas de Alessandra. Derrubado o conteúdo do pote na bancada de degustação, surge um celular. A quem pertenceria? A empregada não se atreveria a tanto. E mais, o aparelho era de última geração. Confiante do seu silencioso domínio e do código de ética existente entre o casal, Jorge nem se preocupou em colocar uma senha no aplicativo de comunicação. Uma rápida busca pela tela revelou o fato aviltante, indefensável. Os dedos ansiosos rolavam as postagens enquanto o cérebro de Alessandra ainda não conseguia compreender o que estava lendo e vendo, tamanho o despudor do conteúdo. Andreia e Jorge juntos! Traição dupla! Ela não merecia! Há algum tempo desconfiava de que um novo amor ocupava seu lugar no coração do marido. E agora estava ali frente a frente com aquela realidade nonsense.

A aurora desponta com uma beleza indescritível depois daquela madrugada insone. Olhando o mar que se espalha além da vista, Alessandra, esmagada pelo pensamento, delira na varanda. A paisagem deslumbrante em nada combina com o seu estado de espírito. O uniforme movimento das ondas não se assemelha ao descompasso do seu coração. Como sempre, ela estava certa, sua intuição nunca a desapontou. O que fazer agora? Aceitar a traição sem maiores interpelações ou abandoná-lo de imediato? Os dramas da vida se repetem por gerações; mudando apenas de destinatário, maldito carma da humanidade. Andreia não poderia ter feito isso com ela. Doía mais a perda de sua amizade do que a ausência de amor do marido. Ela tem que pensar e agir rápido, Jorge desembarca no aeroporto daqui a duas horas. Levanta-se da bublle chair com cuidado para não derrubar as garrafas vazias. Posicionado no toca-discos desde a última visita de sua mãe, o vinil de Rosa Passos chama sua atenção. Arruma o braço da agulha e apruma o corpo, ela precisa daquela letra: "*Jurei não mais amar outra pessoa/Pra nunca mais chorar como chorei/Mas vi que amar é coisa muito boa/E assim mais uma vez me apaixonei/Eu tenho um coração muito indeciso/E juro pra depois voltar atrás/Agora vou fazer o que é preciso*".

Ao telefonar para o advogado, sua decisão já está tomada. Não vai ficar mais um dia ao lado daquele canalha e não sairá de mãos vazias daquele casamento. Os planos, ainda incipientes, incluíam levar Hermes, o gato, no lugar dos filhos que não tinham; as joias e o que mais pudesse haver de valor no cofre, além de sua indispensável e agradável companhia. E isso era só o começo. De autoestima passou a entender naquela manhã extraordinária, no seu pior sentido. Jorge não sabia com quem tinha se metido, ainda não havia conhecido aquela mulher, que em ser má era ótima. Arrumou uma mala de trinta e dois quilos com o estritamente necessário para não precisar mirar aquele olhar arrogante por um tempo razoável. E deixou vir à tona os momentos de angústia que viveu desde que conheceu o ser abjeto que a apunhalou. Das lembranças boas fez uma trouxa magra e atirou no lixo.

Com o coração lotado de ódio e a habilidade de sempre, tirou o Audi da espaçosa garagem. Até que enfim consertaram o portão eletrônico da entrada do condomínio. A lei seca era, nessa ocasião, um detalhe desprezível da civilidade. Já está na metade do caminho para o hotel quando toca a introdução de uma das suas músicas preferidas. Alessandra canta alto, desafinada, os versos que sempre provocaram aquele nó na garganta, e chora a solidão antecipada. A vida desfila inteira em sua mente, são trinta e seis anos em exatos trinta e seis segundos. O primeiro semáforo gentilmente abriu-lhe as portas do bairro e da nova vida, já o segundo não foi tão generoso. O estrondo chegou direto ao cérebro, dispensando o pavilhão auditivo. Ela dirigiu mais cinco metros sem saber que já não tinha o controle dos seus atos. Os pés, inertes, não produziam mais nenhum efeito sobre os pedais. Tentou mover as mãos na direção do celular e acionar o microfone, mas sua garganta, agora trancada, não produzia um som. O rombo feito pela carroceria obstruiu sua trajetória de vida, talvez no melhor momento. A morte chegou a tempo de ouvir ecoar no fone de ouvido a voz de Milton Nascimento: "*Sabe, eu não faço fé nessa minha loucura, e digo/Eu não gosto de quem me arruína aos pedaços/E Deus é quem sabe de ti/E eu não mereço um beijo partido/Hoje não passa de um dia perdido no tempo*".

BIOGRAFIA DAS AUTORAS

AELITA LEAR

é autora de ficção científica e tem livros (*Pangea*, *Nibiru*, *Par Alelos* e *Purgação*) e contos ("Tudo isso aqui", "Quem eu escolhi", "137" e "Inesquecível") publicados pelo selo SAIFERS, além de participação em diversas antologias. É uma das ganhadoras do I e III Prêmio Escreva, Garota! e foi finalista do prêmio LeBlanc com a antologia *SAIFERS, volume II*. É advogada, preparadora de textos, ministra oficinas de publicação de livros na Biblioteca de Limeira, jiu-jiteira, tutora de nove gatos e apaixonada por sua namorada. Conheça mais do seu trabalho em www.aelitalear.com.br ou @aelitalear.

BRUNA PRESMIC

é jornalista formada em Comunicação Social, pós-graduada em Escrita Criativa, mestranda em Comunicação Digital pelo IDP em Brasília, especialista em Monitoramento e Inteligência em Mídias Sociais pelo IBPAD e possui diploma da Harvard Faculty of Arts and Sciences em Digital Humanities. Dedica-se a projetos voluntários relacionados a literatura e artes para jovens, atualmente no cargo de vice-presidente do IBIHC — Instituto Brasileiro de Integração Humana e Cultural. É dubladora profissional com DRT e autora do livro *Contos Sombrios Sem Final Feliz*, Tagore Editora, 2023.

CAROLA PONTO

nasceu em Curitiba em 1975. Escreveu seu primeiro poema aos seis anos de idade motivada por *Ou isto ou aquilo*, de Cecília Meireles. Aos 15 anos compôs e editou *Jovens demais*, seu primeiro livro de poemas. É mestra e doutora em Literatura pela UFSC e desde 2011 é professora adjunta de Literatura na Universidade Federal da Fronteira Sul — campus Realeza. É diretora do Grupo de Teatro La broma desde sua fundação em 2011. Dirigiu e produziu diversas peças e performances a partir de textos de escritoras consagradas. Em 2022 inaugurou o Clube de Leitura Leia Mulheres Realeza e ingressou no grupo de apoio para escritoras Escreva, Garota! Publicou seu primeiro livro de contos, *Carola com Carolina*, na FLIP 2023.

FERNANDA SANSON DURAND

47 anos é Procuradora Federal e escritora. Romancista e contista. Moradora de Santos/SP. Instagram: @fernanda.sanson

IVÂNIA ROCHA

é apaixonada por livros e leitura. É mãe, esposa e avó. Gosta de plantas e bichos. É professora por profissão, escritora por vocação e pesquisadora por necessidade e vontade. Autora de *Páginas do sertão: recepção de leitoras sertanejas* (Appris, 2023) e de *Da varanda dos fundos* (TAUP, 2024). Tem poemas, contos e crônicas publicados em coletâneas. Mentora do clube de leitura Lendo Mulheres, de Irecê/BA. Letróloga e pedagoga; especialista nessas áreas. Mestra em Crítica Cultural e doutora em Estudos Literários. É regente de classes da Educação Básica, lecionando Português e afins.

JERUSA FURBINO
escritora independente, é autora dos livros *Rabiscos* (2020), *Luto — Um Passeio da Poesia entre o Substantivo e o Verbo* (2021), *Catarse Literária* (2022) e *Inimigo Oculto* (2023). Sua escrita explora a profundidade das emoções humanas, abordando temas como amor, perda e autoconhecimento. Criadora do método MAOS — Meditação Ativa Orgástica Sensorial —, ela também é uma das fundadoras do sarau erótico Assanharau. Como se vê, Jerusa Furbino fez bem em abandonar a carreira jurídica para brindar aos leitores com suas ideias e seus textos únicos e envolventes.

MARGARIDA MONTEJANO
natural de Mogi Guaçu, SP, reside em Paulínia, SP. Drª em Educação, poeta, escritora, é produtora do Canal Literário N'outras Palavras — histórias que inspiram, no YouTube. Em 2023 publicou os livros *Fio de Prata* (contos, Ed. Siano) e *Chão Ancestral* (poesia, Ed. TAUP). Em 2024 publicou o livro infantojuvenil *A Poeta e a Flor* (Ed. Siano). É autora de "Pérolas do Caminho", conto disponível na Amazon, Kindle. Participa das coletâneas: *Enluaradas*; *Escreva, Garota!*; *Elas Publicam*; *Selo OFF FLIP* e dos grupos Selo Poetrix e Confratria Poetrix, dentre outros.

MILA BEDIN
nasceu em Valinhos, em 1979. É escritora, poeta, linguista e professora universitária. É doutora em Educação pela USP, com pesquisa na área de Línguas para Fins Específicos, em especial o espanhol, e certificada pela Universidade de Harvard, em Leaders of Learning (Líderes de Aprendizagem). Tem mestrado na área de Análise do Discurso, investigando a música popular brasileira, em especial as canções de Chico Buarque produzidas no período ditatorial. Além disso, compõe o corpo editorial de revistas acadêmico-literárias e é (co)autora de artigos e capítulos de livros científicos. Na literatura, publicou o livro *Amar, verbo transitivo direto* (2022), além de diversos outros textos (auto)ficcionais, de diferentes gêneros, em revistas literárias digitais e impressas, antologias e coletâneas. Integra o grupo de apoio, engajamento e capacitação continuada de mulheres Escreva, Garota! e o coletivo de mulheres escritoras Escreviventes.

PATRÍCIA XAVIER
é escritora e jornalista. Nasceu em São Paulo, ama viagens e devora livros. Tem contos selecionados para coletâneas do Prêmio Off Flip, Cartola Editora, revista cassandra e Editora Metamorfose.

SUELI RAMÔA
é carioca, mãe de dois, avó de três, professora de Ensino Fundamental. Lidar com a palavra foi seu ofício, e, aposentada, decidiu colocar sua voz no papel. Em 2013 lançou seu primeiro livro, o romance documental *Era uma vez, 2012.* A ficção surrealista *Una*, seu segundo livro, foi publicada em 2020. E segue por aqui, com crônicas, contos e poemas publicados em oito antologias, por enquanto…

este livro foi editado

no inverno

de 2024